KB267796

未來 詩選 53

정종득 詩集

물안개

미래문화사

미래시선 53

물 안 개

정종득 詩集

미래문화사

먼저 부끄러움이 앞섭니다.

나이 오십이 넘어서 시집을 낸다는 것은 흔한 일이 아니기 때문에 얼마나 망설였는지 모릅니다.

일제 말엽인 1941년 5월 평화롭고 아름다운 정발산 밑 농촌마을에서 출생하여 농사짓는 것밖에 모른 채 국민학교를 마쳤고, 중·고등학교와 대학 때는 논둑길·밭둑길을 걸어 서울로 기차 통학을 하면서 농촌 빈곤의 해방은 농민이 못 배우고 무지한 탓이라는 것을 느껴 일찍부터 사회교육에 투신하여 30여 년 간의 세월을 보냈으며, 지금 오십대를 사는 국민이면 다 그랬듯이 나에게도 4·19 학생 의거와 5·16, 6·23 등의 격동기 속에서 쫓기고 쫓는 대열에서 역사의 수레바퀴를 멈춤 없이 굴려왔습니다.

그러는 가운데 몇 줄씩 글을 써놓은 것을 정리하고 시대적·계절적으로 그때그때의 느낌도 표현해 보았으며, 또한 누대를 뿌리내려 살던 고향을 신도시개발로 등지고 철거민·이주민이 되어 태어나고 자란 고향(마을)생각이 그립고 보고파서 두서없이 옛 생각을 나타내 보았습니다. 누군가 그랬듯이 생각은 자유라고 믿기에 표현해 본 것입니다.

문학을 전공하지 않은 사람이 글을 쓴 것이기에 선배 재현께서 넓으신 이해와 가르침이 있기를 바랄 뿐입니다.

갑술 초봄 정 종 득

제4부 ······ 에게

제5부 인생과 삶

제6부 고 목

1부

아 ! 백두산

아 ! 백두산

아 — 백두산
그렇게도 가보고 싶던 곳
여기가 백두산이라 !
태고의 신비로움을 그대로
간직하고
우리를 기다리는 웅장한 모습.

아 — 백두산
한민족의 성지 백두산
병풍을 돌려 친 듯
열여섯 봉은 모두 제 자랑 하고
밑이 보이지 않는 검푸른 천지물은
우리 민족의 탯줄이고 젖줄이다.

아 — 백두산
송화강 압록강의 발원지라
항상 흘러 한반도의 양식이 되니
엎드려 흙냄새 맡고
천지물에 목욕하니
조국의 품에 푹 빠지고

어머니의 품에 묻고 잠들고 꿈을 꾼다.

꿈이라면 깨어나지 말아야 할 텐데
쏴— 우 소리가 나면
당장이라도 집어 삼킬 것 같다.
비바람과 우박이 내린다.

앞을 못 보게 눈 비 뿌리고
양 볼을 후려 때린다.
일년감같이 되어 얼얼하다.

아— 백두산
조국의 품이여 조국의 명산이여!
나는 여기 서 있다.
그리고 소리쳐 불러 본다
동해물과 백두산이 마르고 닳도록
저 건너편에 들리도록 불러 본다.
메아리쳐 들리도록 불러 본다
동해물과 백두산이 ……

장백폭포(백두폭포)

백두산 천지 물이 흐르다
팔십 미터 절벽으로 떨어진다.
네 줄기의 물기둥으로
지축을 울리면서 떨어진다.
뽀얀 물안개를 피우면서
수천 수백 년을 하루같이
폭포수는 굉음을 토해 낸다.
오색 무지개를 띄우며
찾은 이의 발길을 멈추게 한다.
감탄을 하게 한다.
아 — 아 백두의 폭포여
장엄한 모습 한민족의 소리이어라.

만나리

철마는
달리고 싶다.
이제 철마의 기적도
목이 쉬어 버렸다.
피와 피
맥과 맥으로 이어진
우리 민족.
흐름은 한 곳
맥과 맥, 피와 피는
하나로 이어진다.
동해의 물이
서해의 물과
남해의 물이 각기 달라도
서로 만나 뒤섞이듯
우리 민족은
기필코 만나리.
화합하리
끝내는 소리쳐 만세 부르리.

우리 모두 하나 되어

계유년의 새벽닭 울음 소리
고요한 적막을 깨운다.
동해의 검푸른 바닷물을 뚫고
이글이글 타오르는 태양이
일천구백구십삼년의
새아침을 밝혔다.
저 – 붉은 태양이 우리 모두의 가슴에
찬란하게 비친다.
뜨겁게 우리를
이끌어 안아 준다.
이제 – 우리는 버릴 것은 버리고
찾을 것은 찾아야겠다.
저기 – 저 언덕을 넘어
가는 길에 뒤에서 밀고
앞에서 끌어 주는
동반자가 되어야 하겠다.
미련은 후회 뒤에 오는 것
서로 화합하고 사랑하면서
따뜻한 정을 나누며
가뭄에 시들은 초목들이 비온 뒤
생기가 돋아나듯이
우리 모두 마음과 마음을 주고받으며

힘차게 두 팔 벌려
가슴을 활짝 펴면서
저 — 높은 기상과 희망을 찾아
우리 모두 하나 되기를……

한 울타리

우리는 오랜 그 옛날부터
한 울타리 속에서 살아왔습니다.
한 식구 한 가족으로 한데 모여
한 조상을 섬기면서 희로애락을
나누면서 한 울타리 속에서
살아왔습니다.

외로울 때는 서로 위로하고
기쁠 때는 모두 모여 노래부르면서
우리는 한 울타리 속에서 살아왔습니다.
오늘도 내일도 우리는 이렇게
살아가렵니다.

할아버지 할머니의 옛날 이야기
들으면서
아버지 어머니의 오늘 이야기 듣고
형 누나의 내일 이야기 들으면서
한 울타리 속에서 살아가렵니다.

손잡고 벽을 넘어서

색깔은 달랐다.
검정색 백색 누런색 들이 모였다.
그러나 모두는 통했다.
손잡고 밀고 뛰니
벽이 무너졌다. 벽을 넘었다.
손에 손잡고 소리내어 노래 불렀다.
오장육보가 뒤흔들리게
소리쳐 노래 불렀다.
우리의 하늘 아래서
푸른 창공 향하여
모두모두 뒤범벅 되어
벽을 넘어
화합의 노래를 소리쳐 불렀다.

행주문화제에 부치는 노래

북한산 정기 내리뻗은
덕양산 마루
오천년 우리 삶의 터전 이 땅,
할아버지 할머니의 숨결을 찾아
조상의 넋을 찾아
오늘 우리 한자리에.

할머니의 할머니가
농사짓고 길쌈하며 부르던 그 노래
할아버지의 할아버지가
왜적과 싸워 승전고를 울리며
부르던 그 노래를
우리 모두 입을 모아
다시 부릅시다.

한강수 감돌아 덕양을 낳고
태백의 숨결에 고봉(高峰)이 태어나
오천년 이어 온 이 터전에서
조상의 얼을 깨우는
고양의 넋을 찾는
행주의 정기를 되살리는
오늘 한마당의 큰 잔치에서

애국지사의 넋을
충절열사의 혼을
입모아 큰소리로
노래합시다.

이것도 아니고 저것도 아닌

어느 약 선전에 이런 소리가 있다.
이 소리가 아닙니다.
저 소리도 아닙니다 한다.
그런데 요즈음에는
이것도 아니고
저것도 아닌 것이 많다.
되는 것도 없고
안 되는 것도 없으니
그 일이 그 일이고 보니
모두 다 제자리가 제 자리다.

고양시 승격 1주년 기념식에 부쳐

북한산 정기 뻗은
덕양산 마루

오천 년 지켜 온
이 터전에서

오손도손 연을 맺어
끈적끈적 정을 나누며 살아왔는데

일 년 전 이 땅 위에서 우리는
모두가 옷을 갈아입었다.
변화를 받아들였다.

고양군이 고양시로
일천구백구십이년 이월 일일.

이십오만 군민이 순간에 시민이 되어
다함께 푸르른 창공을 향해
고양의 노래 부르며
손에 손을 마주잡고
약속을 했다.

으뜸가는 고양
살고 싶은 고양
복지고양을 만들자고.

밤하늘에 축복의 불꽃을 쏴올렸다.
휘황찬란한 불꽃송이를
우리는 바라보았다.
손뼉을 치면서 힘을 모았다.

꽈당 꽈다당 지축을 울리며
동서남북 뿌연 흙먼지 속에서
자고 나면 눈에 달라져 보이게
새론 변화를 가져오기 삼백육십오일

오늘은 우리의 첫돌 날이다.
그 동안 우리는
큰 괴로움에 떨고 지쳤었다.
그러나 참고 인내하여
어려움을 극복하는 데 하나 되어 왔다.

너는 네가 아니고,
나는 내가 아닌

하나 되려고 노력했으니
결과가 우리 눈앞에 펼쳐져 보인다.

우리는 멀지않은 날
부끄럽지 않은 고양시를 만들었다고
조상님께서는 칭찬을,
후세들에게는 존경을 받을 것이니

우리 모두 하나 되어
신한국 건설에 발 맞추어 나가자.
새 고양 건설하여
앞서가는 고양의 문화시민 되기를
바라고 기다리면서 ……

이제 오천년의 새 장이 열렸다.
동해의 깊은 물 속에서 용솟음치던
태양이 올라온다.
온 누리를 밝게
뜨겁게 비춘다.
우리는 빛을 받는다.
잠에서 깨어나
긴 숨 쉬며 자란다. 모두가
꽃 피우고 무성하리라.
넓게 아주 넓게 퍼지리라.
세계 속으로 기상을 펴리라.
넓은 가슴 안에 감싸 주리라.
육천만의 식은 몸을 포근한 품에
안아 주리라.
우리는 한 품안에서 화합하리.
우리 민족 한마당에 모이리.
꿈에 그리던 통일 하리라.

황토길 내 고향

황토길 내 고향

구불구불 내 고향 황토길은
향긋한 풀 내음이 바람 따라
풍기는 길.
비거덕비거덕 흔들흔들
달구지 타고 가던
내 고향 황토길.

어머니가 앞 밭 매시다 반겨 주시던 길
아버지가 뒷 논갈이 하시다 손짓하시던
내 고향 황토길은
멀고 멀다 해도 가깝기만 하다.

뉘엇뉘엇 해가 질 때면
고향 초가집 굴뚝에는
풋솜 연기가 모락모락 피어 오른다.
솔잎 타는 냄새가 난다
고향 냄새를 알려 주는
내 고향 황토길은 나만이 걷는 길.

고향땅

앞논은 할아버지 땀이 깃든 땅이고
개 건너 논은 아버지 정과 땀이 서린 땅
대대손손이 이 땅을 지켜왔다.

밤이면 아버지와 어머니 머리를 마주 대고
앞뒤 논에는 메벼를 심어 양식으로 쓰며
개울턱 물자리에는 찰벼를 심어
며느리 맞을 때 찰떡감으로 쓰자고.

꼬불꼬불 낙타 등 논두렁에는 검정콩과 밤콩을 심어
어린 놈 생일날 노릇노릇 달달 볶아 찰떡 고물로 쓰자고.

앞뜰 밭에는 할머니의 땀이 깃들었고
건너 밭은 어머니 정성과 땀이 배인 곳
밤이 늦도록 이 궁리 저 궁리 하며
앞밭에는 감자를 심어
추운 겨울 저녁
화로가에 모여 있는
자식들 간식에 쓰자고 ……

그곳은 모든 것을 용서하고
품안으로 안아 주니까
죽어서도 가려고 한다.

고향

얼마나 가보고 싶은 고향인가.
꿈속에서 그려 보는 내 고향
수십 년이 지나도 못 가보는 고향
임진강변에서 고향의 냄새를 찾아
긴 호흡을 해도 고향 냄새는 없다.
잡으면 잡힐 듯한 저 곳 내 고향
소리쳐 불러 본 아버지 어머니……
메아리만 울려 들린다.
만수향 향기는 바람 따라
고향으로 날아가건만
나오는 것은 기나긴 한숨.
이때나 저때나 고향 갈 날을 기다리다
지친 이 몸 귀밑머리는
서릿발을 지나 백발이 되었고
기약없는 나날 속에 몸만 늙어 간다.

동치미

동짓달 기나긴 밤
일백 발 새끼 꼬아 놓고
얼음 쪽 둥둥 뜬 놋대접에
새콤달콤 동치미 한 사발은
모든 피로를 풀어 준다.
쫠쫠 끓는 방안에 흐리멍텅
떵한 머리 정신이 번쩍 든다.
고픈 배도 채워 주고
조갈난 목도 축축히 적셔 준다.
온몸에 생기를 준다.
굵지도 가늘지도 않은
푸른 머리 무
은백색 대파와 붉으죽죽한
풋고추와 어울려
우리네 목을 다듬어 준다.
내일의 할 일을 위하여
피를 걸러 준다.

고향 찬미

하늘 찌를 듯 치솟은
집들을 누군들 싫다고 하겠느냐.
새장 같은 집들이 모두 회백 모습이고
회백 모습 새장 같은 집들뿐
아기자기한 인간미는 고공 바람 속에
날려 보내고.

이기심만 가득 채워 인정은 메마르고
고향마저 잃은 인간 수용소여!
흙 냄새 풍기는 토담집
고향의 참맛을 알 수 있을까.

구름 속에 쌓인 회백 높은 집들이
제 자랑 하는데
아지랑이 속에 묻힌 초가삼간 지붕에
새하얀 박꽃 내음을 알 리 있을까..

오색등 찬란한 드높은 집들이
텅 빈 마음을 채워 줄까.
허공 속에 묻혀 긴긴 밤 숨쉬는데
아래는 누가 살고 위에는 누가 사는가.
원수지간이 아닌데

모두 등돌리고 사는 이들이
솔잎 내음 나는 연기 속에
콩기름 냄새 풍기는 구들방의
사랑 이야기를 알 리 있을까.

고향 봄비

소리없이 내리는 봄비
모두에게 단물을 내려 주어
고향의 너도 마시고 나도 마셨지.
고향의 산과 들의 친구들도
생기를 돋우며
하늘을 향하여 쑥쑥 자랐었지.

잎과 꽃이 피고
가지는 쑥쑥 자랐었지.

지금은 신도시 아파트
지붕 위에 내리는 비.
따스한 봄비에도
자랄 것이 없구나.

궂은 비 오는 날엔

이렇게 궂은 비가 부슬부슬 내리는 날엔
보고 싶은 부모님 가보고 싶은
고향땅이 미칠 것같이 생각난다.

철모를 때 부모님 곁을 떠나
울며불며 헤어진 그날이
사십여 년 지나
귀밑에는 잔서리를 맞은 나이.

이렇게 궂은 비가 오는 날엔
어릴적 부모님 모습이 더 한층 떠오른다.
젊었을 땐 자식 기르고 살기에
세월 가는 줄 몰랐는데
해가 가면 갈수록 고향 생각
부모님 생각이 더 난다.
이렇게 궂은 비가 오는 날엔
가슴속으로 운다.

잊은 고향땅

저 멀리 저 먼 내 고향땅
종달새 높이 떠 우짖는 내 고향
오곡백화 만발하게 피었겠지.
구불구불 황토길
달구지 타고 비거덕비거덕
장단 맞춰 가던 내 고향
이제는 찾을 길 없구나.

어린 시절 소꿉장난하던
친구가 있는 고향땅
산 넘고 냇물 건너 찾아가던 고향땅
뒷동산 밤나무 밑
그리고 우물가 빨래터에서
누나랑 놀던 고향땅
어디인지 알 길 없구나.

생각난다

생각난다. 자꾸만 생각이 난다.
어머니가 끓여 주시던 구수한 된장국
무시레기 우거지 된장국 맛
이것이 어머님의 맛 고향의 참맛.
지금은 생각만 나는구나
생각난다. 자꾸만 생각이 난다.
시원한 대청마루에 베잠뱅이
베등거리 걸쳐 입고 누워
부채바람 받으며
단호박 옥수수 삶아 나누어 먹던
그 맛이 생각난다.

고향·1

고향은
어머니 품안과 같다.
따뜻하고 포근하고 마음이 편하다.

고향은
자기를 낳아 주고 길러 준
어머니의 이불 속과 같다.
응석을 부려도 심술을 부려도
받아 주는 곳이다.

고향은 나이가 먹으면 먹을수록
그리워진다

고향은
외로움이 크면 클수록
생각 나고 가보고 싶다.
모두가 반겨 주니까

고향은
죽은 고혼의 안식처인가 보다
모든 이들이 살아서 못 가면
죽어서 가려고 하는 곳이니.

고향·2

지난 꿈 속삭이며 흐르는 강물
저 산천 넋을 싣고 흘러가는데
그리운 고향 만날 그날을
강가에 그려 주려무나.
어디가 어디인지 알지 못하는
내 고향.
어릴적 뛰고 물장구치던 친구들
언제 다시 만나
그리던 고향땅 밟아 보려나.

지난날 추억 싣고 흐르는 저 강물
뱃사공 만수심 싣고 흐르네.
내 놀던 고향땅 소식은
싣고 왔는지
잊혀진 옛친구 물거울에 어리며
고향땅 내 놀던 자리 그려 본다.

내가 살던 고향

내가 살던 고향은
푸른 들 푸른 산
푸르른 물이 굽이굽이
햇빛을 반사하여
눈이 부셨다.
검푸른 버드나무 잎이
바람결에 흔들려
시원한 소리를 내었다.
이름모를 꽃들로
뒤덮인 속
풀벌레들이 합창을 했다.
그러나 지금은
검은 아스팔트길 위로
달구지 대신
형형각색 자동차 행렬에
뭐 그리도 급한지
쇠요령 소리 대신
고막이 터져라 경적을 울린다.
어른 애가 구별 없이
눈에는 쌍심지 불꽃을 튕긴다.

예전에는 안 그랬는데

푸르른 숲은 간데 없고
회백색 빌딩만이
들쑥날쑥
하늘로 치솟았다.
나는 지난날을
그려 보려 해도
꿈이 아니고는 그려지지 않는다.
나와 벗하던 이들은 어느 곳으로
갔는지 알 길 없다.
아침 저녁 인사를 나누고
밤이면 사랑방에
둘러앉아
내일을 걱정했는데
오늘은 누구하고
어제와 오늘 그리고 내일을
이야기하나 ?

3부

修心橋

유택으로 가는 길

외롭고 쓸쓸한 길.
뉘라서 대신 가고
누가 같이 가겠는가?
어허이 어해 상두꾼
선소리에 발길 따라
기나긴 쟁경틀 위에
몸을 얹어 몇 마디 묶여 간다.
공작 날개를 휘감고
연꽃 잎새 날리면서
용두머리 네귀위 깃대를 세워
푸른 창공 가리우고
머나먼 곳으로 떠나는 길.
다시 못 올 길을 형형색색
만장을 줄세우고
오열과 통곡 속에
마지막 집으로 가는 길.

커피 한 잔

어둠침침한 불빛 아래
낡은 소파에 앉아
커피 한 잔을 시킨다.
지루한 시간을 달래며
초조한 마음을 달래며
구수한 커피 내음을 음미한다.
눈을 감는다.
그리고 어제 일을 떠올려 본다.
필름을 풀어내듯이
가물가물한 지난 추억을
떠올려
커피 한 잔에 떠올려 그려 본다.

떠나고 싶다

깊고 깊은 산속으로
홀로 떠나고 싶다.
계곡물이 흐르는 곳으로
봄에는 야생화 피고
여름에는 녹음 속에 더덕 냄새 맡으며
산새들과 이야기하고
가을이면 머루·다래 주렁주렁
익어 떨어지면
주워다 술 담고.
겨울이면 온 천지를 하얀 풋솜을
깔아 놓은 듯한
깊고 깊은 산속에
굴피 지붕에 귀틀집을 짓고
잃어버린 사람들을 기다리면서
사는 곳으로 홀로 떠나고 싶다.

가을 억새풀

가만히 있고 싶었다.
그러나 가만히 있을 수 없었다.
소리를 내지 않으려 해도
어석어석 소리를 내게 된다.
바람이란 놈이 가만히 두지 않는다.
무슨 일로 바람이 더욱더 불어온다.
버티어 봐도 어석어석 소리는 더 크게 난다.
쉴쉴 사이 없이 불어오는 바람
도망치려 해도 가지 못하고
흰 솜 같은 꽃잎만
훨훨 날려보내고
메마른 잎사귀만 남아 소리를 낸다.

修心橋 _{수심교}

해송과 가문비 나무가
하늘 높은 줄 모르게 치솟는
장벽 같은 산밑에
자그마한 백담사
미음자 모양의 요사채를
거느리고 있다.
마음대로 흐르는 냇물가
삼백열여섯 자 이름이 수심교다.
무거운 마음을 배낭과 같이
짊어지고 앞에 끌어안고
디둥디둥 걸어 건너가
부처님 전 합장한다.
약수 마셔 심신을 가다듬고
다시 건너오면
쌓인 수심이 다리 밑 흐르는 물에
떠내려간다.
흐르는 물 돌에 부딪쳐 빙빙 돌 때
쌓인 괴로움 후회스러움
모두가 사라진다.
가벼운 마음으로 돌아오는 다리.

山中 구름이 걷히던 날

첩첩산중
구름 자욱
바람 따라 가라앉는다.
부끄러운 자태 감추련 듯
산허리를 감돌아 가라앉는다.
봉우리는 구름 위에 떠 있다.
내가 보이면 안 되는 자태를
옷으로 가리우듯 ……
그러다 희물그레해지면서
봉우리를 따라 오른다.
산뜻하게
감췄던 자리를 내보인다.
검푸른 숲과 희귀한 괴석을
겉으로 드러내 놓는다.
천상천하 유아독존
병노생사의 해탈을 위한 수도승의
마음을 드러내듯이.

눈치를 낚던 날

백담사 계곡의
팔월 물은 차다 못해
뼈가 저려 왔다.
파리 헛미끼로 낚시를 감싸
급히 흐르는 물에 띄워
당겨 챘다 놓았다 한다.
언제 눈치가 물어 짜릿한 감각을
맛볼는지 모르게
기약없이 기다리면서
뼈가 저려 오는데도
누가 보거나 말거나 기다린다
배가 고파 와도 기다린다.
물반사가 눈을 부시게 해도
기다려 본다.
눈치가 물든 안 물든
시간의 기나긴 지루함을
흐르는 물에 떠내려 보내려고
일년 삼백육십오일을 그리고 또다시
일년 삼백육십오일이 지나는
몇날을
해송 내음새를 맡으며
인생의 뒤안길을 헤아려 보면서
이 물이 흘러흘러 돌고돌아 큰 강으로 가는 날까지 ……

백담사 가는 길

병풍을 두른 듯 첩첩산중
굽이굽이 외곬 비탈길
소리쳐 흐르는 냇물은
크고 작은 바위들에 부딪쳐 거품을 토한다.
잔여울을 이루며 흐른다.
꺾이어 떨어지면
고통 속의 절벽
검푸른 멍든 자리 내비친다.
인생사 구구절절 세월의 흐름과
고통과 역경을 돌고 도는 자리의 연속인가 보다.

수많은 바위덩어리가 깊고 깊은 계곡에서
쉼없이 흘러내리는 물에 갈고 닦이어
모난 데 없이 둥글고 납작하고
일그러져 형형각색의
모습을 나타낸다.
수많은 인간의 마음을 쏟아 놓은 전시장 같다.
갈고 닦이어 유리결같이
속마음을 드러낸다.
숨김없이 모두 드러내 놓는다.
우리 마음을 토해 내듯이.

너무합니다

해도 너무합니다
시련이 적은 민족도 아닌데
차라리 도적을 맞는 것이 낫겠지만
이날 벼락을 누군들 예언했나요.
누구는 집을 잃었고 모든 것을
싹 쓸고 할퀴어 갔으니
우리는 무엇 먹고 어찌 산단 말입니까?

하늘이시여!
해도 너무합니다.
천재지변으로 돌리긴
너무 원통합니다.
이렇게 큰 재앙을 주시나이까.
온 들판을 토장국물로 만들었으니
어찌 산단 말인가요.

하늘이시여!
해도 너무합니다.
생명의 귀함을 모르시나이까.
거두어야 할 모든 것을
쓸어 갔으니
우리는 무엇을 바라고 산단 말인가요.

가로등

굵은 비 바람 나부끼며 내려
실안개 피우는 속
희미한 가로등 불빛 아래
마주한 사람 없이
외로이 서서 지난날 약속을
생각하며 기다리는 마음 !
레인코트 깃에 귀를 숨기고
구르는 빗방울이 스며들 때
포근한 너의 마음은
간데없고 싸늘한 외로움만 가득하다.

오 해

사람이 사노라면
많은 말들이 꼬리에 꼬리를 물고 생겨난다.
오해는 너와 나의 관계
그 관계가 깨지는 것은
아니 깨질까 두려워
너는 나를 바로 보지 못하고
꿰뚫어보기 때문에 생겨나고
맺어진 연이 끊어질까봐서
그리고 아닌 것을 그런 것으로
망상적으로 보고 있으니
보는 너와 보이는 내가 모두 괴롭기만
한 것을 속시원한 대답은
시간이 흐르면서 오해는 풀리게
되는 것이니 기다릴 수밖에 없지.

허무와 고집

구름같이 두둥실 떠왔다가
시냇물같이 흘러가는 인생들인데
너 못하고 나 잘했다고
치고 받고 밀고 당기고
외나무다리에서 만난
염소고집 같으니······
머리 마주 대고 비벼 봐야
뿔은 빠지고 모두 물 속에
빠지고 나면
승리자는 없고 모두가 패자만 남는 것을.

외로운 영혼

지난날의 행복감을 언제 이별하여
저승 길 황천객이 되었는가요.
멀고도 먼 저승 길 향해
언제 떠나가셨는지
대답이 없구먼요.
누구와 같이 갔습니까.
외롭게 가서 외롭게 지내는지요.

금은보화 싣고 가지 못하고
빈손 갖고 왔다 빈손으로 가시면서
한백년을 못 사는 인생인데
조금만 일하시고 쉬었다
가실 것을 누구를 위하여
골육이 망그러지도록 일을 하셨나요.
흰 연기 속 한 줌의 재로 남는 것을.

우리들 마음 속에 내리소서

대자 대비하신 부처님
우리들 마음 속에
지혜를 내리소서
자비를 베푸소서
평화와 진리를
우리들 속에 심어 주소서.

탐욕을 버리고
육신을 욕되게 쓰지 않게
하여 주소서.

지옥에서나 맞아야 될 냄새
우리 앞에 펼쳐지니
어찌 마음이 편하리요.
눈이 있되 눈을 못 뜨고
눈을 뜬다고 해도 못 본 것이 많고
귀가 있되 못 들을 소리뿐이고
입이 있되 말 못할 소리도 많답니다.
우리가 올바로 보고 듣고 말하게
진심과 진리를 내리소서.

어데면 어떠냐

고향도 좋고 타향도 좋다.
발길 닿는 곳 아무 곳에나
터를 잡고 초가삼간 집을 지어
낮에는 새들과 더불어 노래하고 춤추고
밤이면 풀벌레들과 벗이 되어
옛이야기 나누며 한 세상 지내련다.

부평초 같은 인생에게
고향이면 어떻고 타향이면 어떤가
발길 멈추는 곳이 고향이고
자리잡아 터를 닦으면 내 집이지
마음 달래 줄 사람 있으면
즐거운 날이 될 것을
그리고 편히 쉴 안식처가
되었으면 그만이지.

기다림

나 홀로 외롭고 쓸쓸하게 서서
누구를 기다리는지
기다릴 사람 없는데
기다리는 이 심사……

기다림은 목적이 있다는데
어제도 오늘도 기다리다
기다리다 지쳐 버린 초라한 모습.

안개 속의 희미한 가로등 불빛
밑에서 허공만 바라보며
내일도 모레도
만나려는 희망을 안고

나는 기다리련다……

………………………………………… 4부

…… 에게

淑에게

너의 초롱초롱한 눈망울
살며시 웃는 미소는
나의 괴로움을 덜어 주었다.
잠을 설치게 될 때
너의 아름다움과 이야기하면
깊은 잠에 들곤 한다.

캄캄한 곳에선 너의 모든 것이
나의 눈에는 칠십 밀리 대형
스크린 영상
머루송이 같은 두 눈
얄붉은 너의 양 볼
우유색같이 곱디고운 너의 살갗
이 모든 것은 나를 위하여 만들어진 것인가 보다.

가버린 청춘

나에게는
언제 청춘이 있었는지 모른다.
생각할 사이 없이 지나갔다.
살아온 길을 거꾸로
되돌릴 수 있다면
뜻있는 청춘을 지내 보겠다만……

그러나
눈 깜짝할 사이에
지나갔다
경부선 급행열차가 지나가듯
바람결에 낙엽이 날려가듯
무엇 하나 반반하게
해놓은 것 없이
젊음의 재산과 청춘의 시간은
시라져 버렸다.

물먹은 앵두

어제 저녁 5월 단비에
빠알간 앵두가
물먹어 부풀어
만지면 터질 듯하다.
철부지 소녀의 양 볼과 같이
보일락말락한 솜털이
덮여 있다.
이슬이 마르기를 기다린 듯이
아리따운 아가씨가
소쿠리를 받쳐 들고
웃음을 띄우며
빠알간 앵두를
한 알 한 알 따 담는다.
풍요로운 마음을 가슴속에
가득히 채우는 듯 담는다.

실타래

꼬이고 엉킨 실타래를
풀어 실패에 감는다.
끝이 어디인지
시작이 어디인지
알 수가 없다.
흔들고 탁탁 털어
양손에 끼워 당기며
빙글빙글 돌려 감는다.
사랑이야기 나누며 자식이야기 하면서
시간 가는 줄 모르게
실을 감는다.
인생의 가는 길에
금을 그어 가듯이
네 인생 내 인생
이 밤이 다 가도록 감고 감는다.

방랑객

싱그러운 풀 냄새 맡으며
풀밭에 누워
꿰뚫을 듯 푸른 하늘을 쳐다본다.
흰구름이 먼 유랑의 길을 떠가고
떠온다
어디인지 모르게
나는 방랑객이 된다.
녹음이 우거진 적적한 산속
풀향기가 사방을 나른다.
이 나무에서 저 나무 위로 날으는
멧새들과 친구가 된다.
대화를 한다
노래도 부른다.
아무도 없는 여기서
갈 길 없는 방랑객이 된다.

사랑이란

사랑이란 인간의 모든 것을
송두리째 집어 먹어 버리기도 한다.
헤어짐의 괴로움
만남의 즐거움
외로움과 고독함을 주고받는다.
좌절을 힘으로 극복하기도 한다.
즐거움과 아픈 마음을
추억으로 간직하게도 한다.

사랑이란 인간과 인간을
악마로 만들기도 한다.
질투를 낳고 투쟁을 하고
그러다가 결투를 벌인다.
끈질긴 줄로 꽁꽁 묶어 주기도 한다.
그러나 어느날 갑자기
칼질을 딩하고 사랑의 줄은 끊어진다.
미련도 후회도 없이
너는 너 나는 나 대로 돌아간다.

탐정의 대상

옛날에는 안 그랬나본데
언제부터인지
남편들은 아내의
탐정의 대상이 되었다.
머리 모형이 달라져도
스킨 냄새가 나도
성냥갑이 있어도
담뱃갑이 달라져도
저녁밥을 먹고 와도
술에 취하여도
어디서 누구와 지냈냐고
사실을 말해도
아내들은 믿으려 하지 않는다.
세태가 그런지
할 일 없이 잡념 속에 쌓여
시간 보내기 지루한 아내들이여
당신의 남편을 탐정에서
풀어 주시길.

가깝고 먼 사이

부부란 가장 가까운 사이다.
무촌간이다.
남남이 서로 만나 부부가 되어
일심동체가 된다.
몸도 하나 마음도 하나라고
일심동체라 하는데
이렇듯 무촌 사이가
어느날 갑자기 등돌리면
멀고 먼 사이가 된다.
헤어져 잠자리 갈라 누우면
일촌도 이촌도 아닌
가장 먼 무촌으로 돌아가는구나.

만나던 날

항상 그리워 그리던 그 사람
만나 보았다.
그러나 말 못하는 내 마음속은
왜 이렇게 괴로운지 모르겠다.
가슴 설레이는 소녀도 아닌데
말 못하는 이 심사는 무엇으로
전할까.
눈으로 마음으로만
전하고 이야기하지.

너는 말하였노라

너는 말하였노라
봄 가을이 돌아올 때면
너는 돌아와 주겠다고
말하였노라.

언제까지나 잊지 않겠노라
너는 말하였노라.
그대 몸이 산산조각이 난다 해도
나만을 생각하여 주겠다고.

너는 말하였노라
험악한 세파 속에서도
변함없이 나를 위해
살아 주겠다고
말하였노라
북풍한설 그 무엇이 온다 해도
너와 더불어 영원히 살아가겠다고
너는 말하였노라.

움·픔·통

혼자 살 때는 외로움이며
둘이 살 때는 괴로움이고
셋이 살 때는 고달픔이다.
넷이 살 때는 고통이고
다섯이 살 때는 두통이다.
더 많이 살 때는 모두 진통이다.

5부

인생과 삶

걱정 속에 사는 인생

사람은 너나 할 것 없이
걱정 속에서 산다.
오늘도 내일도
걱정이 떠날 날 없이 산다.
정치인은 정치하는 자리를 지키기 위한
걱정을 한다.
사업하는 사람은 사업 걱정을
밤낮으로 한다.
가장은 가장으로서의
도리와 의무를 걱정한다.

학생은 밤낮으로 공부 걱정하고
장성한 자식을 가진
사람은 출가시킬 걱정을 한다.
부자는 더 부자가 되려고
근심 걱정을 하고
가난한 사람은 가난을 한탄하면서
오늘도 내일도 걱정한다.

의식주

의(衣)   옷 잘 입은 사람은 헐벗은
사람의 마음을 알 리 없을 것이고

식(食)   잘 먹고 배 두드리는 사람은
못 먹어 굶주린 사람의 괴로움을
모를 것이며

주(住)   아방궁 같은 집을 가진 사람은
집 없는 사람의 심정을
알 리가 있을까.

누구의 탓이냐

세상 사람은 탓을 잘한다.
태어난 것도 탓을 한다.
죽으면서도 탓을 한다. 누구 때문에 죽는다고
잘 되면 내 복이고 못 되면 조상의 탓이라 하고.

이것이 저렇고 저것은 이렇고
심봉사 지팡이 같이 짚고 가고
쉬지 않고 깨물고 쥐어뜯고 탓하니
나와 나의 사이는 어떤 사인가.

나는 어떻고 너는 어떤 사이인데
극으로 가다가 극으로 가 네 탓 내 탓
하다 모두 지리멸렬하는지.

왜 죽음으로 가도록 탓을 하는지
무엇이 그렇게 만들었는지
알면서 못 고치고 탓만 하다
죽어 가는 불쌍한 사람들아.

허송세월

과거와 현재 미래는 결코 무관할 수
없기 때문에 지금의 현실을 허송세월 하지 말고
값있고 알차게 다듬고 가꿔 밝은 미래를
오게 해야 하겠고

과거의 주인은 어떻게 했고
현재의 주인은 어떠한가
오늘의 주인은 미래의 주인에게
무엇을 물려주겠는가

오늘의 주인은 허송세월 하지 말고
과거의 잘못된 것을 빠르게 버리고
이정표를 똑바르게 세워
미래의 주인에게 올바른 길을 열어 줘야겠다.

때문에

나는
　너 때문에 안 되고
　너 때문에 일이 꼬이고
　너 때문에 망하고
　너 때문에 얻어맞고
　너 때문에 죽는다고 한다.

누구든
　자기 때문에 안 되고
　자기 때문에 굶고 가난하고
　자기 때문에 비겁하고
　자기 잘못 때문에 죽으면서

자기를 빼놓고
　모든 원인을 떠맡기니
　자기가 자기를 다스리지 못한 죄는
　왜 모르는지
　지혜와 용기는 어디 두고
　이렇게 때문이라고 하는가.

心 思

속이 탄다 속이 탄다.
숯검정이 되어간다.
말 못하는 심사는 표현을 못한다.
누가 알아주지도 않는다.
한 달에 몇 번씩 기울어져 가는
달에게 숯검정을 올려보낸다.
기울어져 간 저 달이 다시
되돌아오기를 기다린다.

어차피 인생은 도전인데

인생은 태어날 때부터 도전이다.
도전과 경쟁 속에
부딪치며 산다.
남보다 앞서가기 위해
남보다 잘살아 보려고
발 동동 구른다.
뛰어 본다.
어제와 오늘 그리고 내일을 구별 못하고
쫓고 쫓긴다.
그러다 주저앉는다.
어차피 인생은 도전인 것을
죽는 날까지 도전 속에서
살아야 할 것을……

밥알이 뭐길래

뱃속의 밥주머니는
밥으로만 채워야 하는가?
아무것으로나 채우면 안 되는지?
밥알이 아니면
받아 주지 않는구나.
모자라면 더 욕심 나 발광하듯
밥주머니는 뒤틀린다.
몇 알의 밥알을 넘겨 보려
오늘도 물 한 사발을 마셨으니
물장구 배통이 되었구나.

뜨는 해와 지는 해

떠오르는 아침 해는
내 자식이고
태양의 머리 위에 오른 정오는
나이고
저물어 가물거리는 해는 부모이니
떠오르는 아침 해는
저물어 가는 것이니 시간과 세월의
흐름이니
저무는 해가
나에게 오는 것을 누가 막으랴.

현실을 찾아서

청운의 꿈을 안고 이곳을
찾은 것은 아니다.
꿈을 현실로 옮기려고
형광등 불빛 아래 불나비가
찾아들 듯 우리는 모여들었다.
멀리 저 멀리 보내진 것들을
찾으려고
녹이 슬어 걸어 두었던
호미와 낫을 벼리듯이
이 학원에
머리를 갈고 닦으려고
누가 시키지 않았는데
스스로 왔다.
비몽사몽 속의 가물거리는
졸리움과 피로함을
참고 뿌리치며
꿈을 깨어 현실을 직시하고
미래의 뜻을 펴보자고
어제도 오늘도
현실을 찾아
이곳에 왔다.

이런 것이 좋더라

모두가 우러러보는 것보다
우러러보면서 사는 것이 좋더라
양주 맥주 양담배 피우고
먹는 것보다
막걸리와 도라지 같은 것이 좋더라.
앉으나 서나 쳐다보는 사람 없는
자리가 더욱 더 좋더라.
따가운 눈총 배우 같은 연극 안하고
누가 보나마나 사는 것이 좋더라.
한 일을 따지지 않는
자리가 더 좋더라.
자유와 권리를 모두 누리고
오해와 갈등 없는 것이 더 좋더라.

통 닭

통닭이란 놈은
암놈인지
수놈인지
알 수 없다.
목과 머리는 어디 두었는지
자신도 모르고
두 다리는 잘리어 행방불명이다.
오장육보는 빠져나가
몸통만 남아서
기름에 지글지글
튀겨져 오그라져
두주불사 객들에
보신이 된다.
꼬꼬댁 소리
한번 못하고 ……

큰소리

언제부터인가
큰소리가 많다.
알면서 큰소리 치는지
모르고 큰소리 치는지

큰소리는 수가 적어도 크게 들린다.
작은 소리는 수가 많아도 작게 들린다.
그 무슨 원한과 사연이 깔려 있기.

목소리 경쟁인가
지나치면 몽둥이 경쟁이 되고
지나치면 불장난 놀이판이니

우리는 누가 누구의 경쟁이 될 수 있는가.
어차피 우리는 한 지붕 가족 한 핏줄인 걸
서로가 서로를 위하여
한 발짝 물러서 주었으면.

과욕은 화가 난다

먹어도 조금 먹지 왜 많이 먹었느냐
누려도 조금만 누리면 될 것을……
물질과 권세는 내 것이 아니고
너와 나 모두의 것인 줄 왜 모르고
화를 부르게 배를 부풀렸는지……
야생초도 약으로 먹으면 명약이 되고
뱀이 먹으면 독이 되는데
어떻게 사람이 모두의 것을
다 주워 먹으니 화가 오지 않는가.

죄와 법

밉고 미운 것이 죄라고 한다.
죄는 어느 누구에게도 따른다.
이 죄를 누가 얼마나 지었느냐에 따라
그 죄상이 나타난다.
미련한 사람은 미련한 것이
자기 자신의 죄이고
약삭빠른 사람은 약삭빠름이
죄인지 모르게 지나친다.
미련스러운 사람은 법이라는 것에
덜미를 잡히고
약삭빠른 사람을 법은 피하여 간다.

자화상

올바른
자화상을 그릴 때가 왔다.
가식을 버리고 진실된
자기가 자기상을 그릴 때다.
자기만의 마음속 자화상을
숨김없이 그리자.
노여움일랑 괴로움일랑 떨어버리고
즐겁고 아름다운 나만을 그리자.
욕심과 분노함을 버리고
눈을 감고 그려 보자.
마음의 자화상을……

소 망

오늘의 아침 하늘은
먹구름으로 쌓였다.
소낙비는 쏟아진다.
모두들 우산을 받고
종종걸음으로 걷고 뛰기도 한다.
그러나 나는 소낙비를 흠뻑 맞고 싶다.
머리부터 온몸을 씻어내고 싶다.
고난과 괴로움
더러운 분진을 말끔히 씻어내리고 싶다.
어지럽고 안개 낀 머리 속까지
씻어내리고
해맑은 빛을
받고 싶다.
눈부시게 찬란한
빛을 바라보리라.

가려거든 가려무나

언제 왔다 가는 길인지
너도 모르고 나도 모른다.
가야 할 것을
왜 왔는지
즐거움과 황홀함을
추억으로 남겨 놓지 못하고
쓰라림과 고통만을 남겨 놓고
기어이 가야 한단 말인가?
가려거든 뒤돌아보지 말고
가거라
다시 찾지 못할 길로
가려거든 가려무나.

개떡을 먹던 시절

푸르고 뽀얀 어린 쑥을
논밭두렁에서 툭툭 뜯어
보릿가루와 섞어 절구통에 찧고
무쇠 가마솥에서
쪄낸
검푸른 개떡을
질그릇에 담아 놓고
빈 장구통
곯은 배를 채울 때
꿈과 희망 살아나며
황홀하던 그 시절.

풀 빵

맵고 싸늘한 겨울
소한도 지났다.
마지막 버스에서 내린다.
어둠침침한 정류장 한구석
구수한 냄새가 코곁을 스친다.
가물거리는 카바이트 불빛 아래
오원짜리 풀빵이
입에 군침을 돌게 한다.
그리고 발걸음을 멈추게 한다.
누런 봉지에
따끈따끈한
풀빵 세 개는
오늘 저녁 내 빈 밥통을 채워 준다.

남자란

남자들의 속성은 자기 처지를 모르고
무엇이든 정복하려 한다.
그러다가 자기를 파멸한다.

남자들의 특성은 자기 능력을 모르고
무엇이든 소유하려고 한다.
그러다가 자기에게 화를 불러 온다.

남자들이란 분수를 모르고
욕망을 불사르려고 한다.
안 되는지 잘 되는지 모르고
지리멸렬 주저앉는다.

6부

고 목

고목·1

지난날 아름답던 내 시절
어디로 가고 묵묵상이 되었나
봄여름도 모르는데
가을 겨울이 오면 알 것인가.
나는 어쩌다 잘려 버린 폐목이 되었는지
푸르고 푸르던 그 옛날 그 시절엔
모든 이의 낙원이 되었었건만
이처럼 외롭게 서 있으니
오는 이 가는 이의 시선만 흐리게 하는구나.

즐겁던 그 옛날 그 시절
푸른 가지에 매달려 반겨 주며
노래하던 임자들은 어디로 가고
이 몸이 고목(枯木) 되니 찾는 이 없구나.
바스러진 내 머리에는 까막까치만 울다 가네.

고목 · 2

그립고 그립다. 그 옛날 그 시절
만초백화 즐기던 그 시절
이제는 벼락 맞은 고목이 웬말인가
내 이 몸 언제~언제 다시 움이라도 터질까.

흐르는 냇물아 이 몰골이 흉하지도 않느냐
주야에 그려 비춰 주니
지난날에는 내 이 몸이 수많은 나룻배도
만들어 보냈다만은
뱃님은 어디 두고 너만이 흐르느냐.
나도 따라가련다. 따라가다
자리잡아 싹이라도 터보자꾸나.

전생에 무슨 죄로 이 몸이 이렇게 되었는가
냇물아 대답 좀 하려무나.
너도 흐려지면 놀던 이도 안 오느냐.
차라리 너마저도 흐려 버려라.
바스러진 이 몸을 더 슬프게 하느냐
떠보자 떠보자 눈이라도 떠보자.

고목·3

해지면 붉은 달이 떠오르건만
이 몸이 눈은 왜 뜰 수가 없을까.
시원 산들바람 불면
저 님들은 짝지어 속삭이건만
이 몸은 어느 누구와 이야기하나
반딧불 구구지하고
내 발은 썩고 썩어 가는구나.
발 밑에서는 굼벵이 지렁이가
울고 있으니
이들이 나의 영생의 친구인가 보다.
젊은 그 시절 그리며 뛰어 보자 뛰어 보자
맥이라도 한번 뛰어 보자.

팽 이

팽이는
때리면 일어나 돈다
때리지 않으면 쓰러진다
때리면 때리는 대로 더 잘 돈다.

인간도
홀로서기 위하여 매를 맞는다.
때려 달라고 사방팔방 뛰고 있다.
때리는 임자를
누가 가장 먼저 찾는가에 따라
우뚝 설 수 있다.

두려움과 해방

해가 지자 날이 어두워진다.
밤이 오면 공포증이 엄습한다.
밤을 즐기는 사람이 저렇게 많은데
나는 밤이 두렵다. 그리고 무섭다.
두려움보다 살을 도려내는
고통과 괴로움이 온다.

잠이란 하루의 피곤을 푼다고 누가 그랬던가
지난날엔 피로를 풀고 안식처의 포근함도 맛보았다.
그러나 어김없이 찾아오는 밤은
무섭다. 무서움을 지나 고통이 있다.
뇌리에는 뇌성 번개가 치는 듯 흔들린다.
통증이 온다.
가슴이 찢어진다.
소리도 못 질러 보고
시한폭탄을 안은 듯 시간을 보내야만 한다.

자정을 지나 새벽으로 간다.
내일을 위한 오늘의 새벽이 왔다.
새벽은 그늘의 출발의 고동이라지만
나는 이정표 없는 걸인이 되어 버렸다.
이정표가 있어도 가지 못하게 되었다.

팔다리를 모두 가져도 쓰지 못한다.
모든 것이 허락되지 않으니
이 지경에 누구를 탓하고 원망하랴
내가 나를 못난이라 원망했다.

박쥐와 같이 날개를 가졌다면
자유롭게 날아도 보겠지만
귀와 눈, 코와 입 모두 마비되어 버렸다.
차라리 석고가 되든지
비포장 자갈이 되었다면
산산조각으로 깨지든지
튕겨 나가 보지 않겠는가.

오늘도 낮 동안
오늘과 내일의 시차를 기다리면서
지내야 했다.
앉은 방석은 가시방석이고
이부자리는 밤송이 누비이불이었다.
마음속엔 대추나무 가시가 꽂혀 있고
대추나무 가시는 곪은 살을 따지 않고
내 마음에 파고든다.

이곳으로부터 해방을 구할 길은
멀기만 하다.
기약 없는 나날의 연속
도망 못 치고 쫓기는 삶은 언제 끝날까?

졸부들의 행진

언제부터인가
우리가 걷는 길에 졸부들의
행진이 시작되었다.
땅 장사를 했는지 횡재를 했는지
어디서 얼마나 돈을 벌어 졸부가 되었는지
앞뒤 분간 못하고 좌충우돌하면서
시간을 조급하게 보낸다.
쾌락과 즐거움만 맛보려고
불야성을 찾아간다.
불나비를 닮았는지 불 속으로 뛰어든다.
바람을 일으킨다.
맞바람이 일어나면
졸부들의 행진은
행진이 아니라 파멸로 들어간다.

돈 돈 하다 돈다

돈이란 없어도 안 되고
돈이란 많아도 안 된다.
돈이란 적당하게 있어야 한다.
돈이란 많으면 허황된 꿈을
현실로 옮기려고 한다.
그러다 자기가 놓은 덫에 치여 죽는다.
돈이란 있다가도 없고
돈이란 없다가도 있게 마련이다.
때문에 욕심은 화를 부른다.
많이 가진 사람은 더 가지려고
뛰고 뛰다가 돈 돈 하다 돌고
돈이란 없는 사람
배고픈 사람에겐 그림의 떡이 되겠지
그래서 돈을 저주하다 돌아 버린다.

머슴 빗자루

황대 싸리비는
굵고 큰 것을 쓸어 낸다.
위에서 아래로 싹싹 쓸어 낸다.
빠지고 남는 것은
다시 쓸어 낸다.
그래도 남는 것은
몽당비로 아래서 위로 쓸어 낸다.
머슴의 빗자루를
잘 쥐고 쓸어 주지 않으면
검불은 날려 보내고
낱알은 빠뜨려
빈 마당만 쓸게 된다.

좋은 것을

사람은
좋은 것을 찾다 미친다.
그리고
좋은 것을 쫓다 망신한다.
좋은 것을 먹으려다
먹지도 못하고 허기만 진다.
사람은 좋은 것을 가지려다
가진 것을 잃는다.
좋은 것을 좋은 것으로
때가 오기를 기다려 보면 될 것을
미리 가지려고 하다
병을 얻는다.

무엇부터 하랴

소낙비는 쏟아지고
풀지게는 넘어지며
황소는 고삐 끊어져 들고 뛰고
허리띠는 끌러지지 않는데
구두설사는 나니
무엇부터 처리하랴.

人命在妻

인명은 재처인가
진인사 대천명이
인간의 수명인데
아내의 행동에
남편의 수명이 달렸더라.
바가지를 박박 긁어 내몰면
온몸이 고달프고
의욕은 간데없고
먹은 음식인들 편하겠는가.
뱃살은 꼿꼿하고
긴 한숨 내쉬어도
부대끼기는 마찬가지
눈은 흐려지고
귀밑머리는 희어져
볼썽사나운 몰골이 된 뒤
삶을 자포자기하면
가정이 무너지고
남편과 아버지를 상실하니
세상의 아내들이
인명을 재처로 알아주면
얼마나 좋을까.

숯검정이 된 가슴

내 가슴속은 숯검정같이
시커멓게 되었다.
타다 다 타버려 더 탈 것이 없어
숯검정이 되었나 보다
30년의 교직생활에 남은 것은
물골창 같은 주름살과
반백의 머리카락
응어리진 숯검정 같은 가슴속.
수없이 백묵을 갈아 먹었는데
가슴속은 왜 이렇게
다 타버린 재가 되었는지
지나가면 지날수록
숯검정은 굳어만 간다.
그러다 부스러진다.

불가사리

나는 불가사리다.
아침부터 저녁까지
쇠를 깎아 먹는다.
수많은 쇠풀 먹으나 배는 부르지 않다.
먹기는 먹는데 피가 되지 않고
먹기는 먹었으나 살이 안 되고
눈앞만 컴컴하다.
열 손가락만 터진다.
쇠가 쇠를 먹고 쇠가 쇠를 깎는데
컴컴한 눈이 쇠만을 보고
검정 손이 쇠만을 깎아 먹는
나는 불가사리다.

작 두

숫돌에 갈고 갈아 날 세워서
받침목에 고리 끼워
볏짚이랑 콩짚이랑
옆으로 먹여
오른 발로 내려 밟으면
옆으로 썰려 나온다.

먹이는 것과 밟는 것이
쾅당쾅당 박자 맞아
싹둑싹둑 잘려 나온다.

외양간의 순하디순한
저 놈 배통 채워 주니
내가 아닌 그 누가
이런 일을 하랴.

돈 사냥꾼

오늘도 이 남자
저 남자는 돈 사냥을 나간다.
등 밀려 나와 돈 사냥꾼으로 뛴다.
새벽별 저녁별 보면서
뛰고 뛴다.
돈 사냥해다
집 주인에게 바친다.
송두리째 바치고
손 내밀어 밑천
받아 한 달 서른 날
일 년 삼백육십일
뛰고 뛰면서
돈 사냥 나간다.
시계바늘 돌듯이
다람쥐 쳇바퀴 돌듯이
목적은 하나 돈사냥하려고.

칼도마

칼도마에
오만가지를 올려놓고
난도질을 한다.
썰고 다지고 두드린다.
사람이 먹고 사는 동안
하루 몇 번씩 난도질을 당한다.
짜고 맵든지
굳은 것이든 물렁한 것이든
도마는 모든 것을
싫든 좋든 받아들여야만 한다.
깎이고 골이 패여져 가면서
맛을 내는 데 살을 깎아낸다.

솥

가마솥은 아버지가 새벽잠 설치시며
물 데우고 소죽 끓이시던 솥
밥솥은 어머니가 밥 지으시고
구수한 누룽지 끌여 주시던 솥
옹솥은 누나가 국 끓이고 깨 볶고
콩 볶던 솥

지금은 온데간데가 없구나.

구렁이 담장 넘듯이

책임은 너와 나 모두가 져야 한다.
그러나
책임질 줄 모르는 사람이 많다.
내가 하겠다고
내가 했다고
나서는 사람은 없다.
나서면 정상인이 아니게 보니까
구렁이가 담장 넘듯이
어물어물하다가
요리조리 빠져 나간다.
책임은 낮은 사람이 지고
높은 사람은
어디로 갔는지 알 수 없다.
구렁이 꼬리가 사라지듯이.

이런 대로 저런 대로

이런 대로 살고
저런 대로 살려는데
당신같이 유명한 사람들이
우리를 이렇게 삭막하게 만들었고
당신 같은 사람이
우리의 머리 속을 복잡하게 하였고
사회를 혼란하게 만들었소.
당신의 유명함을 유지하기 위하여
우리는 고달프고 괴롭소이다.
당신 홀로 유명하시구료.

7부

방황

방 황

어디를 가나
방황하는 이들이 많다.
사연은 모두 실패다.
입시의 실패
사업의 실패
사랑의 실패
원인은 모두 실패라
갈 곳이 없다.
바람 따라 뜬구름같이
떠다니는 삶이니
누가 잡아 주겠으며
어디로 가야 하는지.

저당잡힌 인생

사람은 누구든 저당잡혀 산다.
학생은 입시라는 것에
낮과 잠을 저당잡히고
직장인은 직장에 저당잡혔으며
정치인은 유권자에 저당잡힌다.
교사는 학교에 저당잡혀
그날이 그날이다.
주부는 가정과 남편에 저당잡혀
일 속에 묻혀 산다.
남편은 돈에 저당잡혀
아침 저녁 이자 받으러 뛴다.
어린이는 부모 욕심에 저당잡혀
이곳 저곳 쉴 사이 없이 뛰고 뛴다.

사람은 사라질 때가 있다

사라질 때 사라져야 한다.
그렇지 못하면 파멸을 초래한다.
사람은 자리에서 물러설 때가 있다.
물러날 때 물러나지 않으면
쫓겨남을 당한다.

가장 존경받을 때
물러나야 하고
가장 인정받을 때 양보하고
뒤로 가든지 제자리에서 떠나야 한다.

무제無題

배고파 우는 돼지는
구정물이 약이 되고
엄마 찾아 우는 얼룩송아지는
엄마 젖이 약일진대
여물 한 삼태기 없어
송아지만 울리고
짓밟힌 민들레는
봄이 되면 싹이 돋아나지만
한번 밟힌 민초들의 인생은
끝이 없구나.
새장의 새가 날갯짓을 한들
무슨 소용 있으랴.
새장의 철조망이 녹슬고 썩는 그날이
오기를 ……

메밀묵 장수

동지 섣달 긴긴 밤
고요의 적막을 깨우는 소리
메밀 ─ 묵 메밀 ─ 묵
외치는 소리가 난다.
창밖의 찬바람 소리에
외치는 소리 더 싸늘하게 들린다.

어느 누가 사줄는지
모르면서
골목길 빌딩 숲에
메아리를 남기며 걷는다.
수없이 많은 집들의 사이를
휘저으며 걷는다.
긴긴 밤을 지새우며
어제 저녁도 오늘 저녁도
메밀묵 장수는 소리치며 다닌다.

옛 말과 오늘 말

옛날 말에
뱁새란 놈이
황새를 따르려면
가랑이가 찢어진다고 했다.

인간사
올려다보고 살지 말고
내려다보고 살며
자기 처지를 알고
분수를 지켜 살라는 뜻인데

오늘날에는
황새를 따르는
뱁새는 가랑이가
찢어지지 않는다고 한다.
뱁새는 날개가 있어
걷지 않으니까.

벼랑길

가지 말아야 할 길 왜 가려 하는가?
안 가면 안 되는 길이기에 가야 한다.
뒤돌아보면 천길 벼랑길
길도 없는 곳 그 길을 나는 가야 한다.
칠흑같이 어두운 벼랑길
추위와 비바람이 모질게 때리는데
가야 할 벼랑길 걸어야 할 길이기에
빛을 찾아 안식처를 찾아 가야만 한다
외로운 독백을 벗삼아 가야 할 길
한풀이 굿판이나 벌려 보자꾸나.
한판 춤이나 추다 쓰러져
벼랑길로 떨어져 내릴 때
한잠 자고 쉬었다 깨어나면 새날이 오겠지.

콩

나는 저 높고 따뜻한 태양을 향하여
굳은 땅을 박차고 태어났다.
노란 새싹으로 시작 뿌리를 박고
나의 잎은 그물맥으로 하늘 향하여
태양빛을 받으며 검푸르게 자랐다.
잎과 대궁은 소먹이가 되고
알맹이는 눈뜨기 전
쩔쩔 끓는 솥 안에서 삶아져
절구통 안에서 절구꿍이로 이겨져
둥글둥글 울퉁불퉁 메주로 변하였다.
말리고 썩혀 소금물에 담갔다가
나의 국물을 쥐어짜 오만가지 맛을 내는데.
어찌 한 집에 자란 삼형제를
볶고 삶고 조리는지 알 길 없다.

거미줄 인생

나의 인생은 거미줄에
걸린 거미먹이와 같다.
온몸의 진이 빠지기 시작한다.
온 육신의 기동이 마비되기 시작한다.
그리고 흔들린다.
모진 비바람과 폭풍우에
온몸이 굳어 온다.
더욱 더 챙챙 휘감긴다.
벗어나려고 발버둥쳐 보았다.
눈도 크게 떠 보았다.
팔다리도 흔들어 보았다.
소리도 질러 보았다.
그러나 호흡의 장애가 온다.
나의 인생은 순간순간 고통이 더해 갔다.
그렇게 죽어 간다.
태풍이 불면 살아난다.

전차 인생

요즈음 사람들은 갈피를 못 잡는다.
초점을 못 잡는 것 같다.
눈은 분명 뜨고 있는데
똑바른 눈이 아니고 초점이 없다.
사회병에 걸렸는지
문화병에 걸렸는지
돈병에 걸렸는지
알콜중독병에 걸렸는지
공포증에 걸렸는지
사리 분간을 못하고 왔다갔다한다.
목적이 어디인지 모르게
전차에 몸을 싣고
종점에서 종점으로 멍청하게
왔다갔다하다
차고지로 가면 잠드는 인생들……

구멍난 거울

요즈음 거울은 왜
실물을 못 비춰 주는지 모르겠다.
비추기는 비춰 주는데 거울이 구멍이 났나 보다
모두 부끄러우니까 그런가.
큰 사람과 욕심 많은 사람은
자기 얼굴을 안 보이게 하려고
거울 구멍 쪽으로 모이니
대가리가 부딪치고 깨어지는 것을.

자기 모습이 비춰지면 모든 것이 드러나 보이니
양심이 괴로워 안 보이는 구멍을 보면서
현실을 직시 못하고
큰소리 큰 돈 큰 권력으로
갈등과 대립의 연속이 아닌가.

잡 초

누가 보아 주지 않고
누가 가꿔 주지 않는
무수한 잡초들

뙤약볕을 받으며
굳어진 진흙 속에서
쓰러지지 않으려고 버티어 섰는 잡초들.

물 한 모금만 주어도
시들어진 잡초는 싱그럽게 웃어 보련마는
물은 안 주고 모질게 밟아 대는 발길들
이 발에 밟히고 저 발 밑에 밟혀도
때 되어 찾아오는 소낙비에 홀연히 남아
꽃피우고 열매 맺을 것을 기다리네.

잡초들의 행진

오늘도 잡초들의 행진이 시작된다.
넓은 길 좁은 길
또아리를 틀듯이 뭉치고 뭉쳐 하나 되어
밀고 밀려가는 나는 잡초다. 우리들은 잡초다.
외치면서 물결을 이루었다.
잡초는 잡초끼리 통하고 이야기하며 산다.
만초 백화의 진미는 잡초 속에 있는 것을
왜 그리 모르고
불에 몸을 태우는가. 불에 몸을 태워도
때 따라 다시 싹과 눈은 돋아난다.
밟으면 잎은 부서져도 뿌리는 굳게 파고든다.
다시 모여 피어나
벌 나비를 기다린다.
오지 않을 것을 알면서
오늘도 내일도 기다린다.
아름답고 즐거운 나날을.

눈물 없는 울음

세상에는 눈물 없이 우는 사람이
많다.
무슨 이유인지 아무도 모르게
자기만 아는 울음을 속으로 운다.
사랑에 버림을 받았는지
뭇사람에게 배신을 당했는지
말도 안 되는 오해를 받았는지
눈은 붉게 변하여
총명을 잃고 그 무엇을 주시하는지
아무도 모른다. 자기만 알고 울고 있다.
말 못하는 사연들이 있는 것을
눌림과 아픔에서 벗어나지 못하고
눈물 없이 혼자서 긴 울음 운다.

빛을 찾아서

세상을 한탄할까
세월을 한탄하랴
빛을 못 보고 사는 인생
항상 깜깜한 그믐 한밤중이다.
비와 눈 찬서리도
가리지 못해 노천야숙하며
그늘진 곳으로 피해야 하나.
검은 안경 쓴 사람에 놀라기도 몇 번인가
가랑잎 밟는 소리에 소스라치기도 수없고
검정색 달구지에 마음 졸이기도 몇 번인가.
무슨 못할 짓을 그리 했다고
쫓고 쫓기며 어둠 속으로 헤매이며
빛을 가려야 하는 인생.
토굴 속 좌안 거사도 아닌데
세월의 흐름을 기다리면서
오늘도 내일도 은백색 별빛만 헤아린다.
등줄기로 흐르는 식어 버린 땀을 느끼며
길고 긴 나날 빛을 찾아 나선다.

알고도 못 고치는 병

세상 사람들에겐 알고도 못 고치는 병이 많다.
남자들은 남자라는 못난 병에 걸려 있고
여자들은 여자라는 잘난 척하는 병에 걸려 있다.
종교인은 믿음이란 우매한 병에 걸려 있으며
학자들은 자부심에 속는 병에 걸려 있고
행정가는 행정보다 감투병에 걸려 있고
정치인은 정치보다 계보 병에 걸려 있다.
모두가 자기 병을 알고도 못 고치는 병에 걸려 있다.

8부

雪蘭

겨울 바닷가

겨울 바닷가는 쓸쓸하다.
파도 소리만 철썩철썩
바위에 부딪쳐 물거품을 토해 낸다.
한많은 이들의 마음을 토해 내듯
하얀 물거품을 쏟아 낸다.
임자 없는 고깃배는
파도에 이리저리 밀리면서
주인을 기다린다.
어제도 오늘도
겨울 바다는 쓸쓸하다.
갈 곳 없는 갈매기는
파도 위를 넘나들고
돌 틈에 피어난 빨간 동백은
미소를 짓지만
아무도 와주지 않는
겨울 바닷가는 쓸쓸하다.

雪蘭

너는
은백색 눈 속에
가냘프게 얼굴 내밀어
태양을 향하여
청초한
자태를 보이는구나.

외로움이랑 괴로움이랑
눈 속에 묻어 두고
푸르름을 토하여
미소 짓는구나.

너는
하늘하늘 휘적거리며
잔설을 녹이는구나.
너만의 뜨거운 열정을
깊고 깊은 마음 속에
산식하지 못하고
웃음을 토해 내는구나.

지리산 피아골

산이 크면 골이 깊다.
아무렇게나 쌓이고 쌓인 이끼 낀 돌
물소리 새소리 바람소리 합창을 하듯
하늘 보고 땅 보고 사방을 보아도
울울 창창 잡목숲
부딪쳐 깨어지는 물소리.
썩어진 고사목은
그 옛날 피어린 자취를 알려주는 듯
수많은 피가 썩고 썩어 이름 모를
나무들의 거름이 되었나 !
원통하고 한많게 쓰러져 간
인간들의 망령이 서로 달래는
합창곡의 현장인가 보다.

꽃봉오리

밝은 햇살을 머금고 불룩하게
부풀어 터질 듯 터질 듯한 꽃봉오리
열여덟 처녀 양 볼같이 포동포동한 봉오리
밤비에 부풀어 아무도 모르게
수줍은 아가씨의
웃음과 같이
살포시 피어난 꽃봉오리
기다리는 연인을 반기며 웃음짓는
방금 피어난 꽃봉오리.

천황봉

비바람이 세차게 후려 때린다.
온몸이 비실 비뚱해진다.
자욱한 안개가 홑이불같이 퍼진다.
하늘나라에서 구름 타고 내려왔나
일천구백오십 메타
산중(山中)의 대부(代父)인 양
여러 개의 봉우리를 거느리고 있다.
어느 봉우리는 보기 부끄러운지
어느 여인네가 내외를 하듯
봉우리 아래를 반쯤 풋솜에
가리웠고
가리워진 봉우리 살포시 미소지으며 내민다.
태고적부터 그랬던가,
초목은 모진 풍상에 지치고
찌든 듯 나지막하게 머리 풀어 산발하고
바위는 깎여지고 제 모습을 자랑하던
청송목은 몰골 상하여 고사목이 되었으니
하늘의 노염을 샀는가
세월의 풍상을 말하여 준다.

흙과 살리라

흙은 진리의 길이고
흙은 진실의 샘이니 흙과 살리라.
흙은 나를 낳아 주고 길러 주었으니
흙과 살리라.
흙은 정직하고 포근한 어머니 품안이니
흙과 살리라.
흙은 뜻한 대로 나타내고
심은 대로 거두니 흙과 살리라.
흙은 모두에게 사랑을 주고
모두에게 먹이를 주고 잠자리를 주니
흙과 살리라.

단풍과 인생

가을 단풍은 신비롭다.
신선의 조화인지
자연의 순리인지
각양각색 다채롭기만 하다.
울긋불긋 푸르고 노랗게 물들더니
이백발 걸음 위는 청춘의 기상이고
삼백발 걸음 위는 장년의 웅비이며
오백발 걸음 위는 갱년의 시듦이고
육칠백발 걸음 위는 고희의 초라함이니
인생의 저뭄과 같구나.

꽃 눈

꽃눈이 내린다.
하얀 꽃눈이 내린다.
언제 피었다 지는 꽃잎인지
소슬바람 곁에 사뿐히 내린다.
보아 주는 사람 없이
한 잎 두 잎 내린다.
어린 아이 머리에도
여인의 머리에도
농부의 머리에도
꽃눈이 내린다.
나비 춤추듯이 내린다.
모두의 마음 속에
포근한 정을 담아 주는
꽃눈이 내린다.

이슬비 가랑비

이슬비가 내립니다.
소리없이 이슬비가 내립니다.
사랑하는 임이 오시더니
이슬비가 내립니다.
가지 말고 있으라고 이슬비가 내립니다.
임의 비는 이슬비.
가랑비가 내립니다.
가랑비가 내립니다.
가야 할 나이기에
가랑비가 내립니다.
가는 나를 잡지 마오
가랑비가 내립니다.

이슬비 가랑비

사월이 오면

사월이 오면 꼭 찾는 곳이 있다.
일천구백육십년 사월 십칠일을
생각하면서 찾는 곳이 있다.
뒤뚱대는 버스에 몸을 싣고 찾는 곳이 있다.
노오란 국화꽃 몇 송이를
창호지에 싸가지고
누가 보든지 말든지 찾아간다.
자유와 민주의 회복을 부르짖다
고혼이 된 친구를 만나 보러 간다.
민주열사들이 잠들어 누워 있는 곳
수유리 사일구 묘지를 찾는다.
사람의 명예에 따라 가지각색
호화롭고 큼지막한 조화가
앞다투어 줄줄이 놓여 있다.
국화꽃 몇 송이를 내 친구는 더 한층
반가워하겠기에 나는 사월이 오면 꼭 찾아온다.

초겨울의 산

초겨울 산은 쓸쓸하다.
무성했던 잎과 꽃은 어느결에
떨어졌는지
보기 싫은 몰골로 서 있다.
앙상한 가지는 우뚝 솟은 바위와
대조를 이룬다.

초겨울 산은 삭막하다.
이것도 저것도 아니게
보기 싫다.
떨어지다 남은 잎새 하나
바람에 대롱대롱 매달려
발버둥친다.
그러다 골바람이 몰아치면
어디로 날아가 버린다.

봄밤의 개구리

사월 달은 환하다.
바람은 살랑살랑 깃머리 날리고
능수버들은 꽃꼬리 춤춘다.
멜로디 따라 우짖는 개구리 소리는
오페라 합창단 소리 같다.
물여울 위에 금빛 얼룩이
춤추며 우는 개구리 소리
잃은 짝 찾으려고
날이 새도록 우짖는구나.

물안개

새벽 호숫가에 서 있다.
잔잔한 물 위에 안개가 피어 오른다.
어제 저녁 무슨 근심이 그리 많이 쌓였기에
얼마나 긴긴 한숨을 쉬었기
이렇게도 뽀얗게 물안개가 피어 오르는지……
어제 저녁엔 분명 고요했는데
무슨 사연 그리 많았기에
한숨을 쉬어
입김이 서려 안개를 피우는지
새벽 호숫가 물안개는
걷힐 줄 모른다.

오월의 들판

오월의 푸른 들은 싱그럽다.
이름 모를 꽃과 풀로 덮여 있다.
여기는 민들레꽃 그리고 씀바귀
저기는 크로바꽃 그리고 패랭이풀
내가 어릴적 소꿉장난하던 풀밭에도
가지가지 이름 모를 풀과 꽃이 피었다.
여기는 오랑캐꽃 저기는 달래·냉이
해마다 오는 오월은
이름 모를 풀들이 다투어 자라고
꽃피워 준다.
나는 이름 모를 풀들과 친구 되리라.

호숫가에서

맑게 개인 하늘 위에 떠 있는
구름과 같이 나는 호숫가에 서 있다.
홀로 떠다니는 꽃잎같이 서 있다.
눈부신 물결에 내 모습 비춰 본다.
각양각색으로 변하는 내 모습을
내려다본다.
웃어도 우는 듯 보이고
울어 봐도 웃는 듯 보인다.
홀로 서서 연극 배우가 되어 본다.
나부끼는 머리카락 곱게 빗어 봐도
옷을 곱게 입어 봐도
호숫가에서는 바람이 분장사인가 보다.

유월의 산길

유월의 산길은 녹음에 쌓였다.
적적하고 쓸쓸하다.
아카시아 우거진 그늘 밑으로
꽃 한 줄 입에 물고 옛 추억을 속삭이며
둘이서 정답게 걸어 본다.
물소리 새소리 들으며 노래부르고
다정하게 걸어간다.
지난 꿈 이야기하면서 ……
내일을 이야기하면서 ……
얼마나 걸어 봤는지 뒤돌아보지 않고
되돌아갈 길이 얼마인지
생각 없이 걸어간다.
너랑 나랑 둘이서 유월의 산길을 ……

겨울 백담사

그토록 소리가 크던
숨소리는 멎었다.
은백색으로 갈아입었다.
인고의 고통 소리는
삭풍에 날려보내고
은백색 가루를 토해 낸다.
높고 낮음을 가리지 않고
한여름의 모든 벗들도
구별없이 한색으로 변하고
골바람에 회백색 장삼도포를 나부끼며
바드득바드득
터벅터벅 걷는
수도승의 뒷모습은
다시 찾아올 그날?
그날을 바라보면서
기약없이 기다리면서······
백팔 염주를 헤아려 본다.
큰── 숨소리를 토해 낼 날을
침침한 눈을 부비면서
오늘도 내일도 다시 올 그날을
기다리면서 정처없이 걷는다.

영원은 없다

이 세상에 영원한 것은 없다.
모두가 生과 死의 길목에서
오고 가는데
짧음을 모르고
시기 질투하며
원망 저주 속에
삶을 이어 간다.
무엇이든
이 세상에 생겨났다면
필연코 없어진다.
만물이 생겨나면
없어지는 날이 정해지고
권세도 잡으면
떨어질 날이 있는 법.
재화도 쌓으면
바람결에 낙엽이 날려
가듯 다른 곳으로 가는 것.
우리는 이것을 모르고
영원을 찾으나
영원은 없다.

밀 밭

푸르른 파도 물결친다.
함께 어울려 넘실넘실 춤춘다.
동남풍에
밀물이 밀려오듯
우——솨——아……
모든 잎새가 소리를 낸다.
지난 겨울 북서풍에
눈보라를 받을 때같이
긴——숨을 토해 낸다.
한없이 흔들린다.
흔들리며 뙤약볕에
누우런 옷 갈아입고
쓰러져 간다.
그리고 내일
더 많은 밀알이 된다.

배추김치

까무잡잡한 달팽이눈 같은
씨앗이
삼복 더위 중복에
노란 싹이 튼다.
두 잎을 내밀어 마주 본다.
푸르른 잎과 노란 잎이
겹겹이 쌓여
가을 입동에
짭짤한 소금물에 목욕하여
풀이 죽으면
갖은 양념 무채로 속은 겹겹이 채워져
오지독에 자리잡아
두고두고 밥상에 오른다.
불갈비가 뺨맞고
돌아가는 맛은 그 맛뿐인 것을!

金良洙

해설

시를 향해 열린 마음

시를 향해 열린 마음

金 良 洙(문학평론가)

정종득 시인은 〈한글문학〉으로 당선되어 나온 분이다. 시인으로서는 늦깎이인 것으로 안다. 언제부터 시를 쓰기 시작했는지는 모르겠으나 문단인이 아닌 사회 일선에서 이제까지 활약해 온 분이다. 한 지역의 실업학교를 책임져 왔으며 학원 원장으로 있고 또 지역의회에서 의장이 되어 활동을 하고도 있다.

지역사회에서는 성공한 축에 든다고 볼 수 있다. 그리고 사회활동 영역이 넓고 바쁜 일에 쫓기다 보면 대개 시를 쓴다든가 글을 짓는 일이 쉽게 될 수가 없다. 도대체 바쁜 사회활동의 움직임 속에서 시줄을 메우는 상상력이 동원되기가 어렵다.

청소년 시절에는 누구나 감상에 젖어 시 한 줄 안 읊어 대는 사람이 없을 정도다. 그 무렵에는 대개가 감상에 젖는 연령인 까닭에 시적 감흥이 절로 생기는 것이다. 그런데 나이를 먹어 가면서 일에 쪼들리고 생활에 시달리다 보면 어느덧 시적 감흥이라고 하는 것은 사그러들게 마련이다. 그리고 붓을 들 엄두가 나지 않게 된다. 대부분의 생활인들이 그렇게 되게 마련인데, 정종득 시인의 경우는 해당이 안 되는 것 같다. 사회 일선에서 제일 시흥이 일지 않을 일을 해가고 있으면서, 그것도 아주 젊지 않은 연륜에 들어서서 시의 붓을 놀리고 있는 것이다.

그의 시가 뛰어나기를 바라지 않는다. 앞의 두 가지 사건만으로 훌륭하게 보지 않을 수 없다. 중요한 것은 이분이 사회생활과 직책의 바쁜 틈을 쪼개어 시를 쓰고 있다는 사실이며, 젊지 않은 나이에 용기백배하여 시를 쓴다는 사실이다.

우리가 늘 안타깝게 생각해 오는 것은 시가 꼭 직업적으로 시업에 매달려 오고 있는 전문가들의 전유물이 돼오고 있는 불공평인 것이다.

시도 전문 영역을 지니는 것이니까 물론 전문가가 필요한 것은 말할 것도 없다. 그렇지만 시는 직업적으로 쓰는 전문가만이 쓰라는 법은 없다. 스포츠가 직업적인 전문적 선수만 하라는 법이 없는 것과 같다. 체력을 단련시키기 위해서는 전국민의 누구나가 선수가 되어야 하는 것과 같이, 시도 역시 국민 누구나가 쓰고 즐기는 것이 필요하다.

직업 시인의 경우는 그의 학문적 깊이와 단련된 기량이 아무래도 뛰어날 수밖에 없다. 그런 반면 전문적으로 시를 다루는 사람의 경험 영역은 좁을 수밖에 없다. 이를 넓혀 주는 일은 각계 계층의 아마추어 시인들의 영역이라고 할 수 있다.

노동현장에서 일하는 사람이 시를 쓰는 일은 참으로 바람직한 일로 본다. 그것이 정치 이념을 반영시키기 위한 투쟁의 수단으로 쓰는 것이 아니라면 환영할 만한 일이라고 본다. 스포츠 선수가 시를 쓰는 일도 바람직한 일이며 군인이 시를 쓰는 일도 좋은 일이다. 실지로 군인들은 시를 쓰는 분이 적지 않았다.

옛날로 멀리 소급해 올라가면 을지문덕 장군으로부터 명시조를 남긴 김종서 장군이나 이순신 장군은 말할 것도 없다. 또한 옛 조선시대의 관원들은 거개가 시를 썼다. 오늘날의 공무원들 가운데 시인이 어쩌다 있는 것과는 대조적이다. 그러므로 여러 분야에 종사하는 사람들이 시를 써야 한다고 생각한다. 4천만 인구가 시를 쓴다면 그처럼 바람직한 일은 없을 것이다.

왜 모두가 시를 써야 하는가? 조선시대에는 관원들이 모두 글에만 매달려서 문약(文弱)해졌다고 흔히 말한다. 그런데 그것은 시에 매달렸다는 것이 아니다. 유교 학문에만 치중했던 데서 오는 것이다. 물론 유학사상도 올바르게 닦고 나갔으면 약해 빠질 수가 없다. 잘못 믿고 나간 탓이다.

시는 제대로 가늠해가면 정신과 행동을 바로 세워 주리라고 본다. 대개 시는 사람을 약하게 하는 것으로 오해해 오고 있다. 김종서나 충무공 이순신이 약하기 때문에 시를 썼다고 보는 사람은 없다. 북쪽 오랑캐를 향해 결의를 다지는 김종서 장군의 시나 나라를 근심하는 충무공의 시가 오히려 많은 사람들에게 감동을 주고 그분들의 애국심에 탄성을 올리게 되는 것이다. 어느 노동자가 노동의 거룩함과 보람 있음을 읊으면서 노동자의 고락을 감동적으로 표현했다면 그것처럼 시다운 시는 없을 것이다. 우편배달을 하면서 여러 사람에게 갖가지 소식을 전달해 주고 다니는 아주 중요한 노력을 역시 실감나게 시로 지어냈다고 하면 그처럼 훌륭한 일은 없을 것이다. 1년 열두 달 바다에 떠다니며 외양선원 생활을 하면서 한 편 한 편 시를 썼다고 하면 그처럼 보람 있는 일은 없을 것이다. 어느 곳 어느 직책을 지닌 사람도 시를 쓰는 마음을 갖고 있다는 일 자체가 소중한 일이라고 하지 않을 수 없다.

시를 쓰는 마음이란 무엇인가를 모두가 한번 돌이켜봐야 한다. 시를 쓰는 마음은 우선 시를 쓰는 감흥이 생기지 않으면 안된다. 그런데 시를 쓰는 감흥은 누구에게나 아무때나 일어나는 것이 아니다. 시를 짓는 감정이 우러나와야 한다. 이 세상 모든 사물을 접하는 눈과 느낌이 시를 쓰지 않으면 못 견디는 감정을 불러일으킬 수 있어야 한다.

그러나 오늘날 세상 돌아가는 사정을 둘러보면 도대체가 시적

인 감정이 우러나올만치 편치가 않다. 모든 정서가 메말라 버릴
지경의 환경이 지배하고 있다. 교통은 막힐 대로 막혀 짜증을 나
게 하고 공기는 배기가스와 공장 매연으로 오염될 대로 되어 있
고 심지어 먹는 물까지도 마음놓고 먹을 수가 없게 되었으며, 사
회 돌아가는 인심이 제각기 자기 살기 바빠서 뻘개진 눈을 하고
있는 마당에 어떻게 시를 쓰는 마음이 생기겠는가. 도대체 시를
읽을 마음조차 나게 돼있지 않은 것이다.

시라고 하는 것은 답답한 마음을 풀어 주고 어지러운 심정을
달래 주는 구실을 하는 것이다. 그렇지만 세상 천지가 온통 답답
하고 어지러운 마당에 그러한 경우를 풀어 줄 상태가 안 되어 있
는 것이다. 그리하여 사람들의 인심이 몹시 메마르다 못해 살벌
한 상태까지 이르고 있는 모습을 이따금 보게 될 정도다. 여기서
매연으로 꺼멓게 된 하늘과 오염으로 붉게 물이 든 강물에게 푸
른 하늘과 맑은 물을 돌려주는 방법은 무엇인가. 그것은 하늘 위
에 푸르름을 되돌려주는 일인 것이며 강물의 맑음을 되찾아 주
는 일인 것이다. 그와 마찬가지로 인간의 가슴속에 푸른 하늘과
맑은 강물을 되돌려주는 일이 중요한 일이다. 그렇게 하기 위해
서는 마음을 푸르게 하고 맑게 하는 훈련이 필요한 것이다.

영국의 C.D.루이스라고 하는 시인이 참으로 좋은 말을 했다.
동전이 처음 조폐공사에서 만들어져 나왔을 때에는 반짝반짝 빛
이 나는 새돈이었으나 여러 사람의 손을 거쳐 다니는 동안 빛이
바래고 녹이 슬고 하여 파랗게 곰팡이가 슬 정도까지 되기도 하
지만, 이것을 다시 물 묻은 모래로 열심히 닦으면 빛이 살아나는
경우를 예로 들었다.

사람의 말도 여러 사람의 입을 거치기 전에 처음 생겨난 말은
생기가 돌며 신선하게 들리는 것이다. 어린 아기의 입에서 첫발
음으로 튀어나오는 말소리가 또 신선하게 들리는 것처럼, 말이

라고 하는 것도 처음 발음될 때는 신선하고 맑다. 그것은 그 말이 때묻지 않은 데서 오는 것이다. 말이 때묻지 않았다 함은 마음이 때묻지 않은 것을 말함이다.

말은 무엇인가 마음을 표현하는 것이 아닌가. 그러므로 말은 마음을 나타내는 것이다. 그런데 말이 신선하고 맑다는 것은 바로 마음이 신선하고 깨끗함을 뜻하는 것이다.

그렇지만 사람들이 세상을 살아가는 동안 세월과 함께 마음이 흐려지고 신선미가 가시게 된다. 마음 속에 매연이 끼고 세상을 살다 보면 여러 가지 어지러운 일과 접촉하여 오염이 되기도 한다. 그러나 이렇게 매연이 끼고 오염된 마음을, 앞의 녹슨 동전을 물묻은 모래로 닦아 다시 빛이 살아나게 하듯이, 매연이 끼고 오염된 마음에다 푸른 하늘과 맑은 강물을 되돌려 주는 구실을 하는 것이 바로 시의 역할인 것이다.

시가 하는 작업이 물 묻힌 모래로 동전에 빛을 내게 하는 일인 것이다. 사람의 병들고 흐려진 마음에다 다시 생기를 불어넣어 주고 때묻은 데를 닦아내 주는 것이 시가 하는 일이다. 어린 아기의 때묻지 않은 신선한 말소리 같은 말을 되돌려주는 것이 시가 하는 일인 것이다.

정종득 시인에 대해서 그의 시를 이야기하려니까 자연히 시가 무슨 일을 하는 것인가에 대해 장황하게 늘어놓게 되었다. 우리는 정종득 시인에게서 직업 시인들에게서 볼 수 있는 기량과 깊이를 바래서는 안 된다. 그에게는 우선 직업적인 시인 이전에 시적 감흥을 불러 일으키는 마음의 상태가 중요한 것이다. 다시 말하면, 시를 향해 열린 마음의 문이 소중한 것이다.

어지럽고 답답한 세상살이 속에서 정신없이 바쁜 나날을 보내면서 시를 향한 마음을 열어 감흥을 살려 가는 정종득 시인에게 성원의 박수를 보내 마땅하다고 본다. 그가 시를 다루는 기량을 익혀 가고 시세계의 깊이를 더해 가는 일은 차후의 문제다. 시작이 반이라고 시를 쓰는 마음의 문이 열리기까지가 어려운 일이고 문제인 것이다.

그의 시는 아직도 많이 다듬어질 필요가 있다. 그러나 첫발음을 하는 아기의 첫마디가 다듬어지지 않은 채로 생기가 있듯이 정종득 시인의 경우도 시를 향해 마음의 문이 열린 상태가 소중한 것이다.

그의 시 속에는 그가 세상을 살면서 겪어 온 경험의 축적이 말해 주는 일종의 교훈적인 구절들이나 시편들이 많이 눈에 띈다. 우화나 금언들의 조각 같은 시편들이 많이 눈에 띄고 또한 그런 것을 토대로 깐 풍자적인 시도 더러 보인다. 그런가 하면 고향을 노래한 시들이 수두룩하다.

인간은 누구나 나이를 먹으면 고향 생각을 하게 되는 게 인지상정이다. 이 시인도 역시 고향을 떠올리는 감정은 억제할 수가 없는 것 같다. 억제해서도 안된다. 더구나 북녘에다 고향을 둔 입장일 경우 그것은 더할밖에 없다.

그러나 맑고 신선한 말을 익히듯 시인은 시적 감흥을 추슬러 가다듬는 데 열정을 기울이고 있다. 그의 많은 고향타령 중에서 가장 구수한 실감을 안겨 주는 것이 다음의 시이다.

> 생간난다, 자꾸만 생각이 난다.
> 어머니가 끓여 주시던 구수한 된장국
> 무시레기 우거지 된장국 맛
> 이곳이 어머님의 맛 고향의 참맛.
> 지금은 생각만 나는구나.
> 생각난다. 자꾸만 생각이 난다.
> 시원한 대청 마루에 베잠뱅이

베등거리 걸쳐 입고 누워
부채바람 받으며
단호박 옥수수 삶아 나누어 먹던
그 맛이 생각난다.

— 〈생각난다〉

　소박하고 일상적인 시골집 풍경의 한 토막을 떠올려 고향의
맛을 실감나게 해놓았다. 열번 백번 고향이 그립다고 늘어놓아
도 이만치 생생한 연상은 없다고 본다.
　시는 이미지의 재구성이라는 말을 하고 있지만 그 이미지 창
조와 넋두리의 되풀이가 시를 지탱하는 전부라 해도 틀린 말이
아니다. 넋두리라 해서 구질구질한 신세타령의 파편들을 말하는
것은 물론 아니다. 생명의 울림 같은 넋두리를 말함이다.

어제 저녁 무슨 근심이 그리 많이 쌓였기에
얼마나 긴긴 한숨을 쉬었기
이렇게 뽀얗게 물안개가 피어 오르는지 ……

— 〈물안개〉에서

　새벽 호숫가의 물안개를 보고 어제 저녁에 얼마나 많은 근심
과 긴긴 한숨을 쉬었기에 뽀얀 물안개가 피어 오르느냐고 느끼
는 시인의 마음을 헤아려야 한다.
　시인됨에 자질이 바로 이 같은 연상의 촉발이며 감수성에서
출발하는 것이다. 사물을 바라보면서 살아가는 삶의 몸짓과 발
자취를 투시하는 일이 시로써 꾸려 나가는 구실인 것이다.

외로움이랑 괴로움이랑

눈 속에 묻어 두고
푸르름을 토하며
미소짓는구나.

— 〈雪蘭〉에서

　설난의 자태에 비춘 사람의 마음이지만 마치 설난의 마음이 그러한 것처럼 표현해 놓는 일이 시인의 소임이기도 한 것이다.
　직업 시인들의 경우 이보다 더 복잡한 정신의 풍경을 요리하는 기량을 발휘하는 것이겠으나 시의 기본적인 바탕은 여기서 비롯하는 것이다. 문제는 시를 향해 마음을 여는 자세가 중요한 것이다. 시에게 마음의 문을 여는 것은 시를 사랑하지 않고서는 있을 수 없다.
　사랑하는 애인에게 문을 열어 주듯이 시를 애모하는 마음이 없이 문을 열어 줄 리가 없다. 살아가는 일을 진정으로 사랑하는 이에게 시의 문이 열리는 것이다.

물 안 개

●

1994년 3월 25일 인쇄
1994년 3월 30일 발행

지은이·정종득
펴낸이·임종대 / 펴낸곳·미래문화사
등록·세 3-44호 / 1976년 10월 19일
주소·서울시 용산구 청파동 3가 34번지
㊒ 140-133
전화·715-4507 / 713-6647
팩시밀리·713-4805

값 · 3,000 원

· 저자와의 협의하에 인지는 생략합니다.